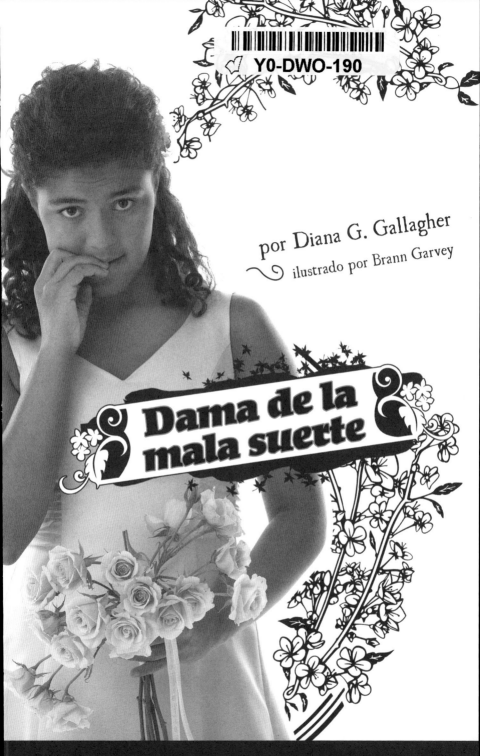

Y0-DWO-190

por Diana G. Gallagher

ilustrado por Brann Garvey

Dama de la mala suerte

STONE ARCH BOOKS
a capstone imprint

Publica la serie Claudia Cristina Cortez por Stone Arch Books
una imprenta de Capstone,
1710 Roe Crest Drive
North Mankato, Minnesota 56003
www.capstonepub.com

Library of Congress Cataloging-in-Publication Data
978-1-4965-8545-5 (hardcover)
978-1-4965-8583-7 (paperback)
978-1-4965-8564-6 (ebook pdf)

Resumen:
Laura le pidió a Claudia, su prima, que fuera una de las damas de honor
de su boda. Claudia está muy emocionada y busca información sobre bodas
en internet. Rápidamente aprende mucho sobre tradiciones y también sobre el papel
que juega la suerte en los casamientos. Pero al llegar a la casa de Laura, todo estaba
mal. ¿Es Claudia un amuleto de mala suerte?

Director creativo: Heather Kindseth
Diseñadora: Carla Zetina-Yglesias
Translated into the Spanish language by Aparicio Publishing

Fotografías gentileza de:
Delaney Photography, cover

Printed and bound in the USA.
PA70

Tabla de contenido

Personajes

YO

CLAUDIA

Esa soy yo. Tengo trece años y estoy en séptimo grado, en la escuela secundaria Pine Tree. Vivo con mi mamá, mi papá y mi hermano, Jimmy. Tengo un gato, Ping-Ping. Me gusta la música, el béisbol y salir con mis amigos.

MAMÁ es la tía de Laura y la hermana de tía Inez. Mamá y yo vamos a ir a la casa de tía Inez temprano para pasar un rato con ella y con Laura antes del gran día.

MAMÁ

LAURA

LAURA ¡Es la novia! Es la mayor de mis primas (y mi favorita). Siempre la he admirado. Es bonita, inteligente, divertida ¡y una gran prima!

TÍA INEZ es la mamá de Laura, la hermana de mi mamá y mi tía. Cocina muy bien. ¡Es la mejor cocinera que conozco!

TÍA INEZ

SALLY

SALLY es la mejor amiga de Laura. Va a ser la madrina en la boda de Laura. También es la tía de Joey. ¡Sally y Laura se conocen desde antes que tuvieran mi edad!

PABLO es el novio de Laura. Se conocieron en la universidad, cuando Pablo le pidió a Laura que lo ayudara con un proyecto de francés. Laura aceptó y poco después estaban de novios. ¡Y ahora se van a casar!

PABLO

Personajes

JOEY es el sobrino de Sally; tiene seis años. Él será el portador de los anillos de boda durante la ceremonia de Laura y Pablo.

JOEY

TÍO JORGE es el esposo de tía Inez y el papá de Laura. Entrará a la iglesia llevando a Laura del brazo el gran día.

TÍO JORGE

PAPÁ no se entusiasma mucho con las bodas, pero quiere mucho a Laura, por eso esta boda sí le interesa. Él y Jimmy irán en coche juntos a la boda.

PAPÁ

JIMMY es mi hermano mayor. Tiene dieciséis años. Le encanta la música, los juegos de computadora y me ignora cada vez que puede.

JIMMY

ABUELA VARGAS

ABUELA VARGAS es la abuela de Laura, pero no la mía (es la mamá de tío Jorge).

MARTÍN es el primo de Pablo. Tiene catorce años. Será el padrino de bodas.

MARTÍN

CAPÍTULO 1

INVITADOS, REGALOS Y VESTIDOS

Invitada, emocionada

Me gustan muchas cosas de mi vida.

Algunas cosas que me gustan:

- El olor de la cocina cuando mi mamá prepara el desayuno

- Oír la risa de mi papá (porque casi siempre está serio)

- Ponerme disfraces raros en Halloween

- Mis tres mejores amigos: Mónica, Becca y Adam

- El pastel de crema de chocolate

- El esmalte para uñas rojo

- Mis patines en línea Silver Jet

- Mi prima Laura

Este fin de semana es la boda de Laura. ¡Y yo estaré allí!

Claudia Cristina Cortez = dama de honor

* * *

La familia de Laura vive a una hora de casa, pero el viaje hasta allí parecía INTERMINABLE.

—¿Cuánto falta? —pregunté. Mamá y yo nos íbamos a quedar en casas de mis tíos para la boda. Tía Inez es la mamá de Laura. También es la hermana mayor de mamá.

—Veinte minutos —contestó mamá.

—Demasiado —dije mientras mi estómago hacía ruido—. **Me muero de hambre.**

—Seguro que tía Inez tendrá el almuerzo listo —dijo mamá.

Yo contaba con eso. A tía Inez le encanta cocinar. Jimmy, mi hermano, adora sus flanes, y podría comerse una flanera entera… ¡en solo seis segundos!

Saqué la invitación de bodas de mi bolsa. Una delgada hoja semitransparente cubría las letras doradas. El interior del sobre también era dorado. La invitación incluía una pequeña tarjeta de reservación (R.S.V.P.).

R.S.V.P. =

Francés: Répondez s'il vous plaît =

Español: Sírvase confirmar.

Mamá ya le había enviado la tarjetita a Laura
para avisarle que iríamos a la boda.

Jimmy y papá no llegarían hasta el ensayo de la fiesta,
el viernes por la noche. A ellos no les gusta el alboroto
de los preparativos. Solo les interesa la parte de la comida.

¡COMIDA! Mi estómago volvió a hacer ruido.
El pensar en la boda me había hecho olvidar de la sopa,
la ensalada y los sándwiches.

La noche anterior a que saliéramos para la casa
de tía Inez, estaba tan **emocionada** de ser una dama de
honor que no pude dormirme. Así que investigué sobre
bodas en internet. Las tradiciones
modernas tienen orígenes muy extraños.
Existen muchas supersticiones sobre
las bodas, y casi todas son de **mala suerte.**

Yo no creo en supersticiones. Aun así, llevé una moneda
de un centavo nueva para ponérsela
en el zapato.

Seguramente no hará que los novios sean más saludables ni ricos, pero tampoco hay nada que perder.

Más vale prevenir que curar.

Una novia ocupada

Laura es doce años mayor que yo, pero nos sentimos tan cerca como si fuéramos hermanas. Hacía semanas que no la veía. ¡Estaba muy emocionada!

Apenas llegamos a la casa, abría la puerta de golpe y grité:

—¡Laura! ¡Ya llegamos!

—¿Eres tú, Mildred? —gritó Laura bajando las escaleras.

—No, soy yo —contesté sonriendo. Y abrí los brazos para abrazarla.

—Ah, hola, Claudia —dijo Laura, con tono de **desilusión**. No me abrazó y miró el reloj.

Tía Inez salió de la cocina y abrazó a mamá. Después me abrazó a mí.

—¿Quién es Mildred? —pregunté.

—La modista —dijo Laura. Miró por la ventana
y agregó—. Está **RETRASADA**.

—Seguramente está por llegar —dijo tía Inez.
Mientras la esperamos podemos almorzar.

—**No puedo comer** —exclamó Laura—. Debo terminar
de decidir dónde se sentarán los invitados para el ensayo
de la fiesta. ¿Dónde está la lista?

—En la mesita —contestó tía Inez.

—Me **encanta** tenerte aquí, tía Perla —le dijo Laura
a mamá.

Volvió a mirar por la ventana. Y salió corriendo de
la sala.

Yo me sentía invisible.

Mamá y yo nos sentamos en la mesa
de la cocina. Tía Inez sirvió unos sandwichitos
de atún, ensalada de papas y pepinillos dulces.

—¡Le quitaste la corteza al pan! —
exclamé—. Como a mí me gusta.

—Ya lo sé —dijo tía Inez—. Lo hice e**specialmente
para ti.**

Comí dos sándwiches. Luego pregunté:

—¿Laura está enojada conmigo?

—¡Claro que no! —dijo tía Inez riendo—. Es que está nerviosa por la boda.

—Las novias quieren que todo esté perfecto —explicó mamá.

—Y no todo puede serlo —dijo tía Inez con un suspiro—. ¡Casi nos quedamos sin pastel de bodas!

Mamá la miró con sorpresa.

—¿Por qué? —le preguntó.

—Encargamos el pastel hace seis meses —dijo tía Inez—. Hace dos semanas, llamé para confirmar el pedido. ¡La panadería había cambiado de dueño y habían EXTRAVIADO nuestro pedido!

—¡Qué mal! —dije. Los pasteles de boda son difíciles de preparar. Tienen muchos pisos y decoraciones muy trabajadas. Además son caros y se tarda mucho en hacerlos.

—Por lo menos tuviste tiempo para solucionar el problema —dijo mamá, y vio que tía Inez hizo un gesto con la cabeza.

—Sí, pero Laura sigue pensando que aún ocurrirá algo terrible —dijo tía.

En ese momento sonó el timbre. Laura bajó las escaleras corriendo y abrió la puerta.  Un hombre le entregó una caja.

Laura llevó la caja al comedor. La puso en la mesa.

Yo entré corriendo al comedor y me tropecé con la alfombra. No me caí, pero choqué contra la mesa.

Allí estaban todos los regalos de boda para Laura, apilados.

Una caja cayó de la pila.

—¡Cuidado! —gritó Laura.

Pude agarrar la caja antes de que cayera al suelo.

—¡La agarré! —dije, poniéndola de nuevo en la mesa.

—**Claudia, debes tener más cuidado** —me  regañó Laura.

Su tono de enojo me molestó. Ella nunca me había hablado así.

Pero inmediatamente se sintió MAL por su reacción.

—Disculpa, Claudia —dijo—. No quise hablarte así.

—No pasa nada —dije. Cuando estaba a punto de decirle que descansara y viniera a comer con nosotras, volvió a sonar el timbre.

Laura fue a atender inmediatamente. Yo me quedé en el comedor, sola.

A probarse el vestido

La persona que había llegado era Mildred, la modista de Laura. De repente, **todos** tenían algo que opinar.

Laura y Mildred subieron para que Laura se probara el vestido.

Tía Inez había preparado ensalada y aperitivos para la recepción.

Mamá llamó a la florista, al organista y a la panadería.

Nadie necesitaba mi ayuda, así que me puse a ver la tele.

Hay quienes dicen que la boda es el **mayor** evento en la vida de una mujer. Yo creo que ganar una medalla olímpica de oro o ser elegida presidente de Estados Unidos podría ser **mucho mejor**.

La verdad es que yo no me quiero casar. Mamá dice que ya cambiaré de idea.

No lo creo.

—Es hora de probarse el vestido, Claudia —me dijo tía Inez después de que estuve viendo la tele por un rato.

Apagué la tele y fui arriba. No veía la hora de ver mi vestido de dama de honor. Y quizás ahora Laura sí podría **dedicarme algo de tiempo.**

Me detuve en el pasillo que daba a las habitaciones. Laura llevaba un largo vestido blanco. El velo blanco caía desde su cabeza hasta el suelo.

—Te ves **hermosa** —suspiré.

—Gracias, Claudia —dijo Laura, mostrando una sonrisa radiante.

—¿Te quedan bien los zapatos? —preguntó Mildred—. Debes sentirlos cómodos, ¡pues los tendrás puestos muchas horas!

—No son zapatos apretados —nos dijo Laura, levantándose el vestido para mostrarme los zapatos—. Y hay lugar para poner la moneda de la suerte.

—Yo te traje un nueva y brillante —le dije.

—¡Fantástico! **Eres muy atenta** —dijo Laura, mostrándose agradecida.

En ese momento recordé algo que había leído en internet y lo dije sin pensar.

—Ponerse el vestido de novia completo antes de la boda trae mala suerte.

—¿Es cierto, Mildred? —preguntó Laura, casi sin aliento y nerviosamente.

—Es solo una superstición —dijo Mildred encogiéndose de hombros—. **No te preocupes.**

—¿Por qué no me lo habían dicho? —preguntó Laura. Se veía tan preocupada que pensé que se pondría a llorar—. Sabía que algo iba a salir mal. **Lo sabía.**

Me sentía mal. No sabía que Laura lo tomaría así. Entonces recordé otra costumbre.

—¿Tienes puesto algo **prestado**? —le pregunté.

—No —me contestó con nervios.

—¡Entonces no tienes puesto el vestido completo! —exclamé—. No tendrás mala suerte.

—¡Tienes razón! —dijo Laura con una sonrisa—. ¡Qué ALIVIO!

Mildred ayudó a Laura a quitarse el velo y el vestido con mucho cuidado.

Ahora era mi turno. La modista desplegó un largo vestido desde mi cabeza.

Cuando me miré en el espejo, sentí que se me cortaba la voz. No mostré una sonrisa radiante.

A mí me gusta la comodidad más que el **estilo**. Me encanta el rojo y desprecio el rosa; y jamás había usado nada que pareciera unas cortinas onduladas.

Hasta que ocurrió al ponerme el vestido de dama de honor.

El vestido era rosa, pero como lo tenía que usar solo una vez no me hacía problema. Los tirantes y el gran moño de la espalda no eran mi estilo, pero tampoco era un problema. **Lo que sí odiaba era la flor gigante del frente.**

—¿Qué te parece, Claudia? —me preguntó Laura—. ¿No es precioso?

—No me gusta la flor —dije. Era demasiado grande, demasiado brillante y rebotaba cada vez que me movía.

Volví a mirarme en el espejo. Luego miré a Laura y a Mildred.

—¿Todas las damas de honor van vestidas igual? —pregunté.

—Sí —contestó Mildred.

—Vamos a parecer un **jardín de caricaturas** —dije.

—Te vas a ver bien —dijo Laura.

En eso llegó Sally, la mejor amiga de Laura. Laura le dio un abrazo.

—¡No **veía la hora** de mostrarte la ropa que voy a llevar a la luna de miel! —dijo Laura, llevándola fuera de la habitación casi a la fuerza.

Yo podía oírlas reírse por el pasillo, pero tenía que terminar de probarme el vestido.

Me mantenía inmóvil mientras Mildred ponía alfileres en el dobladillo del vestido. Era difícil quedarse quieta, pero oír las risas de Laura y Sally a través de la pared era aún peor.

Ellas eran grandes amigas. Sally era la madrina. Yo no tenía por qué sentirme mal, pero la realidad era que Laura me ignoraba.

Me sentía lastimada.

Me dije a mí misma que debía superarlo.

❦ Nota nupcial ❦

Hacer una lista de los regalos recibidos
y de la persona que lo envió. Escribir notas
de agradecimiento a mano, mencionando
el regalo. Enviar las notas por correo dentro
de las tres semanas después de la boda.

CAPÍTULO 2

LA DESPEDIDA DE SOLTERA

Queriendo desaparecer

La madrina le organiza una despedida de soltera a la novia, generalmente unas semanas antes de la boda. Pero Sally decidió esperar hasta el último minuto. Era una gran idea.

1. Vendrían parientes y amigos de otras ciudades.

2. Laura iba a recibir muchos regalos.

Tía Inez y Laura fueron en su auto hasta la casa de Sally junto con otras dos damas de honor. Mamá y yo llevamos en nuestro auto a la **Sra. García**, la mamá de Pablo, el novio de Laura.

—¿Tienes las indicaciones para llegar? —me preguntó mamá.

—Sí —dije, sacando un papel que había escrito. Tía Inez me había dado las indicaciones para llegar a la casa de Sally, pero me lo explicaba **demasiado rápido**, por eso mi escritura parecía un montón de garabatos. A pesar de todo, pude leer casi todo.

—Sal marcha atrás del garaje y ve hacia la izquierda —le dije.

—Espero que no quede lejos —dijo la Sra. García—. **Los viajes en auto me marean.**

—Abra la ventanilla —le sugerí.

—¿Dónde doblamos? —preguntó mamá.

—En el semáforo de Blueberry Street dobla a la derecha —le dije. Miré por la ventanilla buscando el nombre de las calles. Pasamos cinco semáforos y mamá se detuvo.

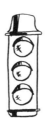

—¿Escribiste bien las indicaciones? —me preguntó.

—Sí, estoy segura —dije, dándole una mirada al papel. No podía leer las dos primeras palabras—. Bueno... **no tan segura** —admití.

—¿Nos perdimos? —preguntó la Sra. García.

—Me temo que sí —dijo mamá.

Mamá llamó a Sally. Inmediatamente se dio cuenta de cuál fue mi error.

—Al salir del garaje deberíamos haber ido hacia la derecha y luego doblar en la primera esquina a la izquierda —dijo mamá mientras doblaba en dirección opuesta.

—Perdón por el lío que hice —dije.

—No es un gran problema —dijo mamá—. Solo llegaremos unos veinte minutos tarde.

—Detesto llegar tarde —se quejó la Sra. García.

Yo esperaba que Laura no se enojara.

Jugar para ganar

Cuando llegamos a la casa de Sally, las demás invitadas nos estaban esperando.

—Llegamos tarde por mi culpa —confesé.

—No hay problema. Ya están aquí —dijo Laura, haciendo sentar a la Sra. García en una silla cómoda y sentándose a su lado.

Laura seguía ignorándome, pero no se había enojado. Y yo no estaba molesta. Una novia debe ser súper amable con su futura suegra.

Mamá y yo pusimos nuestro regalo en la mesa. Después nos sentamos en unas sillas plegables cerca de tía Inez.

Una vez que todas estábamos sentadas,
Sally le dio a cada uno una cinta con una campana.
Nos la pusimos al cuello.

—¿Para qué es esto? —preguntó
una de las damas de honor.

—Nadie debe decir 'Laura' ni 'Pablo', sino 'novia'
y 'novio' —explicó Sally—. Si alguien se equivoca
y otra persona se da cuenta, le debe dar la cinta a esa
persona. La que termina con más cintas gana un premio.

A mí me encantan los juegos y siempre quiero ganar.

Sally repartió hojas y lápices para la primera ronda.

—Bueno, Laura, a la cocina —le dijo.

—¡No dijiste 'novia'! —grité.

Sally se palmeó la frente y me dio su cinta.
Luego acompañó a Laura a la cocina.

Laura salió con un delantal puesto. En el delantal
había utensilios y accesorios.

—Estudien los objetos que están en el delantal
—nos dijo Sally—. Tienen dos minutos.— Y encendió
el cronómetro.

—Laura, date vuelta —dijo tía Inez—. No puedo ver
el delantal.

Esperé un segundo. Nadie dijo nada, pero yo sí.

—¡Dijiste su nombre, tía Inez! —avisé.

Tía Inez me dio su cinta. Después, todas tratamos de acordarnos de lo que había en el delantal de Laura.

Yo sabía el nombre de casi todas las cosas, pero había algunas que no reconocía. Intenté recordar todo lo que podía.

Cuando se acabó el tiempo, Laura se sacó el delantal.

—Ahora tienen cinco minutos para escribir lo que había en el delantal —indicó Sally.

—¿Laura va a **quedarse** con las cosas de cocina? —preguntó una de las damas de honor.

Esperé de nuevo. Nadie se dio cuenta del error y yo recibí otra cinta. **Ya tenía cuatro.**

—Claudia es muy buena para este juego —dijo la Sra. García.

También **tengo buena memoria**, pero no quería acaparar los premios. Solo había escrito la mitad de cosas que recordé que había en el delantal de Laura.

Una de las damas de honor ganó una tarjeta de regalo de $20 para el cine. Laura se quedó con el delantal y los utensilios.

—¡Vas a necesitarlos en tu nuevo hogar, Laura! —exclamó la Sra. García.

—¡Campana, por favor! —dije sonriendo, y la Sra. García me dio su cinta.

Sally miró a Laura.

—Creo que ya jugamos bastante al juego de la campana —dijo Sally con una sonrisa—. ¡La ganadora es Claudia, con cinco campanas!

El premio era un libro de cocina. Intenté no parecer **desilusionada**.

Mamá dice que algún día tendré que aprender a cocinar. Yo no pienso igual. Puedo sobrevivir comiendo sándwiches y cereal.

Sally le dio una sombrilla rosa a Laura y dijo:

—La tradición de poner regalos en una sombrilla comenzó a fines de los 1800.

Laura abrió la sombrilla y cayeron un montón de productos de belleza sofisticados.

—Por eso en inglés estas reuniones se llaman **bridal shower** —explicó Sally—. "Shower" significa "ducha", y cuando la novia abre la sombrilla, le **llueven** los regalos.

—No lo sabía —dijo mamá—. ¡Qué LINDA tradición!

—¿Pero no es mala suerte abrir un paraguas dentro de una casa? —pregunté.

Laura dejó caer la sombrilla.

—¿Más mala suerte? ¡Ah, genial! ¡Ahora mi boda será una verdadera MALDICIÓN! —dijo nerviosa.

A veces mi boca es más rápida que mi cerebro. Me había olvidado de que Laura es **supersticiosa**. Pensé en arreglar el problema.

—Tu boda no será una maldición —dije rápidamente—. Lo dije sin pensar. Los paraguas sirven para evitar la lluvia. Las sombrillas nos dan sombra los días de sol. Son dos cosas distintas.

—Claudia tiene razón —dijo tía Inez—. Abrir una sombrilla en la casa no trae mala suerte.

—Ah, bueno —dijo Laura—. ¡No podría soportar tener mala suerte antes de la boda!

Sabía que a partir de ahora debía fijarme
en lo que decía. Si algo salía mal durante la boda,
¡Laura podría pensar que yo atraía la mala suerte!

La hora de los regalos

Era hora de abrir los regalos.

Mientras Laura se sentaba para abrirlos,
yo recordé otra cosa que había leído en internet.

—En internet leí que el primer regalo que abres
en tu despedida de soltera es el **primero** que debes usar
después de la boda —le dije.

—¡Genial! —dijo Laura—. No veo la hora de ver
qué es.

Sally sacó un regalo de la pila.
Era el que le trajimos mamá y yo.

—Laura, abre otro regalo primero —le dije. Yo sabía
lo que le habíamos regalado. A Laura no le iba a gustar
abrirlo primero.

Laura me ignoró. Y rompió el papel de regalo.

—¿Qué es? —preguntó Sally.

—Si la superstición de Claudia es cierta, podría ocurrir un DESASTRE —exclamó Laura, preocupada—. Es una caja de herramientas. ¿Para qué voy a necesitar un martillo y una sierra después de la boda?

—Para **arreglar** algo —contestó Sally.

—O para **romper** algo —sugirió la Sra. García.

—Por eso te regalamos herramientas —le expliqué—. Nunca sabes cuándo las vas a necesitar.

—Yo las tengo en un cajón de la cocina —agregó mamá.

En esa caja también había tres destornilladores, un par de pinzas y una cinta métrica metálica.

El segundo regalo que abrió Laura era un marco de fotografías plateado. El tercero era un juego de toallas para la pareja.

—Gracias, abuela Vargas —agradeció Laura.

—¿Abuela Vargas? **¡No puede ser!** —exclamé.

—¿Qué pasa, Claudia? —me preguntó mamá.

—La persona que da el tercer regalo
va a tener un **bebé** —dije.

—Eso es **ridículo** —dijo Laura a carcajadas—.
Abuela Vargas no va a tener un bebé.

—Ya sé —dije—. Eso prueba que **las supersticiones
son una cosa absurda.**

🌸 *Nota nupcial* 🌸

Hace mucho tiempo, el padre de la novia
le daba dinero y regalos al esposo de su hija
una vez que estaban casados. Eso se llamaba
dote. Pero si al padre no le gustaba el novio,
no le daba nada. Si eso ocurría, los amigos
de la novia eran quienes le daban regalos
a ella. En Estados Unidos, las despedidas
de soltera empezaron a tomarse como
diversión en la década de 1890.

CAPÍTULO 3

ADVERTENCIAS PARA LA BODA

El portador de los anillos

A la mañana siguiente, Sally vino a la casa de Laura. Trajo rosquillas y llegó con Joey, su sobrino de seis años.

Me serví un vaso de jugo de naranja y abrí la caja de rosquillas.

—¡Quiero una de chocolate! —gritó Joey, agarrando una mientras me daba un empujón en el brazo. **Me salpiqué la nariz con jugo.**

—¿Por qué vino él? —pregunté.

—Joey será el portador de los anillos de boda —me explicó Sally.

—Tiene que practicar con el cojín para anillos —agregó Laura.

Eso era un **alivio**. Hubiera jurado que me querían usar de niñera. **Siempre termino siendo niñera de alguien.**

—Que no se te vayan a caer, Joey —le dije al pequeño—. Si no, el matrimonio de Laura y Pablo será un 𝔽ℝ𝔸ℂ𝔸𝕊𝕆.

A Laura se le cortó el aliento.

Sally gimió.

Joey se encogió de hombros, terminándose rápidamente
la rosquilla y saliendo de la cocina a las corridas.

Laura parecía desquiciada.

—Claudia, ¿intentas echar a perder mi boda? —me preguntó.

—Claro que no —le contesté frunciendo el ceño.

Entendía que Laura estuviera nerviosa, pero esa pregunta
no estaba bien. Me hizo sentir mal.

—Joey no quiere llevar el cojín
para anillos —dijo Laura.

—Cree que va a **hacer un desastre**
—agregó Sally.

—Le dijimos que la boda será divertida —continuó
Laura—, pero él se siente nervioso.

A mí no me parecía nervioso. Estaba arrojando el cojín
por el pasillo, como si fuera un frisbee.

A veces desearía no hablar tanto.

Si no le hubiera dicho a Joey que no dejara caer
los anillos, **todo estaría en orden.**

Pero se lo había dicho. Así que podían pasar dos cosas:

1. Joey no va a dejar caer los anillos y todo terminará bien.

2. Joey va a dejar caer los anillos y Laura me culpará si su matrimonio es un desastre.

Lo único que podía hacer era ayudar a Joey a practicar para que no se le cayera el cojín.

Por suerte, yo había llevado varias de mis joyas porque no sabía cuál sería la elegida por Laura para que yo usara en la boda. Como no teníamos los anillos de boda, puse dos anillos míos en el cojín.

Joey marchaba de un lado a otro por el pasillo, manteniendo el equilibrio de los anillos. Cuando quiso abandonar, le prometí otra rosquilla, tiras cómicas y un **dólar**. Practicó por media hora hasta que se **aburrió**.

—¿Podemos terminar? —me suplicó—. Los anillos no se me cayeron ni una vez.

Los anillos no se podían caer. Estaban atados con una cinta.

La cinta estaba cosida al cojín, pero **no se lo dije a Joey.**

—Muy bien, ya terminaste —le dije—. Felicitaciones por no dejar caer el cojín.

Tía Inez me pidió que la acompañara a la tienda. Cuando regresamos, Joey se había ido.

Subí a ver a Laura y Sally. Ya no estaban **ENOJADAS** conmigo.

—Gracias por ayudar a Joey —me dijo Laura con una sonrisa.

—Se llevó el cojín para seguir practicando en casa —dijo Sally—. Realmente **sabes tratar con los niños.** Joey no hace nada de lo que yo le pido.

Muchas veces hice de niñera. Y tenía una regla para controlar a los niños: **Dales lo que quieran para que hagan lo que yo quiera.** Siempre funciona.

—¿Qué van a hacer ustedes? —pregunté.

—Empacar todo lo que necesito para la iglesia —respondió Laura.

—Necesitamos la moneda nueva que trajiste —me pidió Sally.

Saqué la moneda del bolsillo y se la di a Laura.

Todas las novias llevan una moneda de un centavo en su boda.

Algo viejo, algo nuevo,

algo prestado, algo azul,

y una moneda en el zapato.

Todos conocen esta tradición. Y yo sé qué significa cada parte.

Las cosas viejas mantienen a la novia unida a su familia.

Las cosas nuevas traen buena fortuna.

Las cosas prestadas mantienen cerca a los seres queridos.

El azul significa amor y lealtad.

La moneda de un centavo promete salud y riqueza.

—¿Tienes las otras cosas que indica la tradición? —le pregunté—. Algo viejo, algo nuevo, algo prestado y algo azul.

—Mi vestido de novia es NUEVO —dijo Laura—.
Y mi liga es azul.

Yo sabía que las novias llevan ligas elásticas en las piernas. En el pasado, las ligas servían para ajustar las medias. Hoy, las novias las usan como diversión.

—A Sally le pedí prestado el perfume —continuó Laura—, y el brazalete de oro de mi bisabuela es muy, muy viejo.

—¿Puedo verlo? —le pregunté.

—Claro —contestó Laura. Buscó en el joyero. Frunció el ceño—. El brazalete no está —dijo nerviosamente.

—¿No lo habrás empacado ya? —le pregunté.

Sally buscó en la maleta.

—Aquí no está —dijo Sally.

Buscamos en la habitación. Sally sacudió las sábanas y las mantas. Laura hurgó en los cajones. Y yo hasta me metí debajo de la cama con una linterna.

El brazalete no estaba.

—¿No podemos buscar otra cosa vieja? —pregunté.

—Sí —dijo Laura—, pero el brazalete era
de mi bisabuela. Fue la cosa nueva que ella usó en su boda.
Y era la cosa vieja que mi abuela y mi madre usaron
en las suyas.

—Es una tradición familiar—dijo Sally.

—Ya no. Perdí el brazalete —se lamentó Laura,
lagrimeando—. Es posible que mi matrimonio
sí sea un DESASTRE.

Problemas con la hora

Laura, Sally, tía Inez, mamá y yo buscamos
por toda la casa. No encontrábamos el brazalete.
Después de buscar una hora nos reunimos en la cocina.

Laura estaba muy triste.

—A veces las cosas aparecen
donde ya buscaste —dijo tía Inez.

—A mí me pasa eso con las medias y los lápices
—dije.

—Estoy segura de que encontraremos el brazalete
de la bisabuela —nos animó tía Inez.

—¿Lo encontraremos antes de mañana
a las dos de la tarde? Esa es la hora de la boda
—preguntó Laura.

Otra alarma se me encendió en la cabeza.

—¡Ajá! —exclamé en silencio.

—¿Y ahora qué? —preguntó Laura con un suspiro.

—Nada —dije sacudiendo la cabeza—. Era sobre
otra cosa que leí en internet. —No quería sacar a la luz
otro **mito de mala suerte para las bodas.**

—Cuenta, Claudia —me pidió Sally—. ¿De qué se trata?

—Debes decirlo —insistió Laura.

Suspiré. Luego señalé el reloj que estaba en la pared
de la cocina.

—Si la boda empieza a las 2 en punto, el minutero
tendrá que estar en el 12 —dije.

Todas hicieron gestos de no entender nada.

—Durante la boda, el minutero se moverá del 12 hacia el 6 –expliqué—. Es decir que la ceremonia es el punto más alto del matrimonio. Pero a partir de allí todo CAERÁ

—Esto va de mal en peor —dijo Laura, sentándose.

—Pero si la boda empieza a las 2:30 — continué— el minutero se moverá desde el 6 hacia el 12, y el matrimonio irá cada vez mejor.

—No podemos cambiar la hora de la boda —dijo tía Inez—. Las invitaciones dicen que será a las dos en punto.

—De todas maneras solo es una estúpida superstición —dijo Sally.

—Supongo que sí —respondió Laura. No había dudas de que la superstición le molestaba. Y eso me molestaba a mí.

Tenía que dejar de ser la habladora de la mala suerte. De lo contrario, Laura se iba a arrepentir de haberme llamado para ser una dama de honor.

Nota nupcial

Según otra superstición, hay días buenos y días malos para casarse: los lunes son buenos para la salud, los martes para la riqueza, los miércoles son los mejores de todos, los jueves son para perder todo, los viernes para peleas y los sábados no traen nada de suerte.

CAPÍTULO 4

HISTERIA A ÚLTIMO MINUTO

Más problemas

Almorzamos. Luego tía Inez miró a Laura.

—Vete a dormir la siesta —le dijo—. Te sentirás mejor.

—No puedo dormir —contestó Laura, apoyando la barbilla entre sus manos—. ¿Y si NUNCA encontramos el brazalete de la bisabuela?

Entonces se me ocurrió una **idea**. Fui a la sala a buscar una baraja de naipes.

Siempre que íbamos a la casa de Laura, nos quedábamos hasta tarde. Charlábamos, reíamos, mirábamos películas, leíamos revistas y nos hacíamos tratamientos de belleza. A veces jugábamos a las cartas. Y un partido de cartas podría tranquilizar a Laura.

Volví a la cocina justo cuando Laura salía con Sally.

—¿Adónde van? —les pregunté.

—A hacerse las uñas —me dijo mamá.

—Los **mejores** amigos tienen más chances de lograr que las cosas malas no se vean tan malas —dijo tía Inez.

Yo lo entendía. **Mis problemas no parecían tan graves cuando mis mejores amigos trataban de ayudarme.**

Tía Inez salió. Tenía que ir a la panadería para verificar que el pastel de bodas estuviera listo.

Mamá también salió.

—Voy a llevar el vestido de Laura a la tintorería —me dijo.

—¿Por qué? —pregunté—. Laura no lo usó tanto como para que se hubiera ensuciado.

—Hay que quitarle las arrugas —me explicó.

Cuando mamá salió, me quedé jugando al solitario. No llegó ningún paquete, pero llamó el D.J. Escribí el mensaje que dejó.

Encontrarse con el D.J. a la 1:30 en la entrada de la recepción para que prepare todo.

Mamá regresó primero y leyó mi nota.

—No podemos enviar a nadie a la 1:30 —dijo—.

La boda comienza a las 2. Nadie quiere **perderse** la ceremonia.

—A Jimmy no le importaría perdérsela —dije.

Volvió a sonar el teléfono y mamá contestó. Se quedó escuchando lo que decía la otra persona. Luego dijo:

- 43 -

—¡Oh, no! Ya salgo para allá.

—¿Quién era?—le pregunté cuando colgó.

—El tintorero —me dijo—. Dejé el vestido
demasiado tarde. No estará listo hasta mañana
a las 3 de la tarde.

—¡Pero la boda empieza a las 2 en punto! —exclamé.

—Pueden tenerlo listo por la mañana, pero debo volver
a la tintorería ya mismo y pagar una tarifa extra
—me explicó. Antes de salir se detuvo y me dijo— **No le
digas** a tía Inez ni a Laura nada sobre el D.J. o el vestido.

Se lo prometí. Ambos problemas estaban resueltos.
Mi tía y mi prima no tenían por qué enterarse.

De todos modos, por un minuto
pensé que las supersticiones de mala suerte eran ciertas.

El ensayo

Laura todavía estaba molesta por lo del
brazalete cuando llegó con Sally del salón
de belleza. También le preocupaba su cabello
y su esmalte de uñas y muchas otras pequeñas cosas.

Mamá decía que todas las novias se preocupan.
Pero las novias de la Edad Media tenían mucho más
de qué preocuparse.

A veces, ¡los caballeros de otros reinos las raptaban!
Por eso, las familias de las novias debían tener trucos
para mantenerlas a salvo. Algunos de esos trucos
se convirtieron en tradiciones modernas.

Los trucos:

1. Otras mujeres también se vestían de forma sofisticada.

2. Se quedaban con la novia durante la ceremonia.

3. La novia iba directamente a la boda, no al ensayo.

Las razones:

1. Los caballeros malos no podían saber quién se casaba.

2. No sabían a qué mujer debían raptar.

3. Hasta que terminaba la boda,
   cuando ya era demasiado tarde.

Las tradiciones:

1. Las novias invitan a otras mujeres como damas de honor.

2. Es de mala suerte que la novia ensaye la ceremonia.

3. Durante el ensayo, otra mujer finge ser la novia.

Tía Inez me eligió para que hiciera de novia la noche del ensayo.

—Solo camina naturalmente —me dijo—. No te apures.

Tío Jorge y yo nos quedamos esperando en la entrada trasera de la iglesia.

—¿Estás lista? —me preguntó el papá de Laura.

—Creo que sí, tío Jorge —le respondí.

Lo tomé del brazo y respiré profundo. El organista empezó a tocar y entramos.

Me transpiraban las manos. **Sentía las piernas como fideos** y empecé a tambalear.

A la mitad del recorrido, **me tropecé**. Tío Jorge me agarró y no llegué a caerme.

En el altar tenía que quedarme junto a Pablo. Me daba mucha **vergüenza**. Me sonrió y me guiñó el ojo para que me tranquilizara.

En cambio, empecé a reírme a carcajadas. El organista me chistó.

—Perdón —murmuré.

Miré al techo. Bajé la vista hacia mis pies.

Conté los colores de las ventanas con vitrales.

No volví a mirar al novio.

Joey hacía malabares con el cojín para anillos.
Luego se sentó en él.

Los demás trataban de no parecer aburridos.

Cuando terminamos, Sally me llevó afuera.

—Claudia, mañana ten cuidado —me dijo—.
Si una de las damas de honor se tropieza al entrar,
se quedará solterona.

—Ah, gracias —le dije.

No me preocupaba. No soy supersticiosa.

Además tengo una lista de **Cosas apasionantes
para hacer de adulta**.

1. Escribir una novela superventas.

2. Navegar en canoa por Alaska.

3. Ir a la Serie Mundial a ver a mi equipo favorito.

Casarme no estaba en la lista.

Aun así, no quería caerme durante la boda de Laura. Arruinaría el video. Y entonces todo el mundo miraría a **Claudia la Torpe** una y otra vez, ¡por el resto de mi vida!

Ensayo de la cena

Después del ensayo en la iglesia, fuimos al restaurante **favorito** de Pablo. Los Sres. García habían alquilado una sala de fiestas privada para el ensayo de la cena. Todos los miembros del cortejo más todos los parientes iban a ir a la cena.

Cuando llegamos, Laura sonreía tranquilamente.

Yo también. No conocía ninguna superstición sobre los ensayos de la cena.

También era mi **última oportunidad** de pasar el rato con mi prima favorita. **Después de casarse no iba a tener tiempo para mí.**

Empecé a caminar, pero justo en ese momento entraron papá y Jimmy.

—¿Cuándo comemos? —preguntó Jimmy.

Mamá le señaló la mesa llena de bandejas con galletas, queso y salsa. **Jimmy** afirmó con la cabeza y se fue directamente para la mesa.

La lista de cosas favoritas de mi hermano es muy corta: su computadora, su bajo eléctrico y la comida.

—¿Se están divirtiendo con los preparativos para la boda? —preguntó **papá**.

Se me vinieron varias respuestas a la mente.

A. Verdadero: "La verdad que no".

B. Parcialmente verdadero: "El vestido me queda bien".

C. Falso: "¡Es superdivertido!".

Elegí la opción C. No quería contestar ninguna otra pregunta.

Por suerte, papá no me preguntó nada más. Se fue a hablar con mamá.

Para ese entonces, Laura y Pablo estaban rodeados de otros invitados. Yo no podía METERME entre la gente. Si quería estar un rato con mi prima tendría que sentarme con ella durante la cena.

Pero Laura había hecho una lista con las ubicaciones. En cada silla había una tarjeta con un nombre. Sally iba a estar sentada al lado de Laura. Saqué su tarjeta y fui a buscar la mía.

Mamá me descubrió. Me obligó a que volviera a poner la tarjeta de Sally en su lugar. Y me dijo que me debía sentar en el asiento que tenía asignado pues ese era el deseo de Laura.

Terminé sentada entre Joey y Matty, la tía de Pablo, que resoplaba mientras masticaba, y que tenía un perfume floral que me hacía ESTORNUDAR.

Cuando estábamos en el medio de la cena, Laura hizo sonar su copa con el tenedor.

—Pablo y yo tenemos regalos de agradecimiento para los que vinieron a la cena —dijo sonriendo—. Estamos felices de compartir nuestra boda con **gente tan hermosa.**

Pablo les entregó a sus testigos juegos de bolígrafos y lápices grabados. A Joey le dio un certificado de regalo para la sala de juegos.

—**¡Genial!** —exclamó Joey—. ¡Voy a invitar a todos mis compañeros!

Laura les dio a Sally y a las damas de honor tazones de plata grabados, llenos de golosinas.

Tenían escrito lo siguiente:

Con afecto y agradecimiento,

Laura y Pablo

El tazón era hermoso, pero **yo estaba desilusionada.** Pensaba que Laura me iba a dar algo especial. Yo era su prima favorita.

Claro, lo era hasta que empecé a hablarle de **supersticiones que la hacían sentirse mal** todo el tiempo.

Pablo alzó la copa para brindar por la novia.

—Por Laura, el amor de mi vida —dijo con una sonrisa.

Luego Laura brindó por Pablo.

—Por mi guapo futuro esposo –dijo—. Soy muy afortunada de tener a una persona como tú en mi vida.

A Joey se le cayó un panecillo sobre mi falda. Me paré para sacudirme las migas.

Tío Jorge vio que me había puesto de pie.

—Parece que Claudia desea hacer el próximo brindis —dijo ante todos.

Tragué. Todos me miraban.

—Bueno, eh, quería decir… —comencé.

Tenía la garganta cerrada y la boca seca.

Tenía la lengua totalmente trabada.

Todos tenían la vista fija en mí. ¡Esperaban que dijera algo!

—Por Laura —dije—. Que no se preocupe por todas esas cosas que traen mala suerte porque las supersticiones son estúpidas y nadie cree que se hagan realidad. Bueno, no con mucha frecuencia, y es posible que solo sea una coincidencia cuando ocurren, así que... —Joey se paró.

—¡Claudia dice que ustedes están condenados! —gritó.

Todos contuvieron la respiración.

Hubiera querido deshacerme y desaparecer. Me senté y me tapé la cara, ruborizada.

No me sorprendería que Laura dejara de hablarme para siempre.

Nota nupcial

El ensayo de la cena les da a la familia y amigos la posibilidad de relajarse y conocerse. Los invitados que viven fuera de la ciudad también suelen ir. Tradicionalmente, la cena está planeada por los padres del novio.

CAPÍTULO 5

CUENTA REGRESIVA PARA LA CEREMONIA

Siete años

Hay personas que se enojan para siempre. **Laura no**.
Se puso contenta al verme el sábado por la mañana.

—¡Estoy emocionada! Y quiero que todos estén
felices. **¡Hoy me caso!** —me dijo con alegría mientras
yo bajaba las escaleras.

Gritamos, nos abrazamos y saltamos. Después tomamos
el desayuno juntas.

Después de desayunar, llegó Sally.

—¡Vamos! —dijo.

—Chau —le dije a Laura—. ¡Nos vemos en la iglesia!

—No seas **TONTA** —me dijo Laura
con una sonrisa—. Tú vienes con nosotras.
No sería tan divertido sin tu presencia. ¡Vamos
a prepararnos!

En la iglesia, Laura tenía su propia
habitación para prepararse.

Las damas de honor tenían un vestuario grande.
Los vestidos estaban colgados en perchas. Una estilista
colocó flores y cintas en mi largo cabello. Sally me
maquilló.

Cuando Sally terminó, tomé un espejo para verme.
Pero tenía las manos transpiradas
y el espejo se me resbaló.

**Cayó al suelo y se rompió en mil
pedazos.**

—¡Oh, no! —exclamé. Me agaché con
cuidado para recoger los vidrios rotos.

—¡Que Laura no vea esto! —me dijo Sally—.
Pensará en la mala suerte.

Moví la cabeza con tristeza.

—Romper un espejo significa siete años de mala suerte
—dije—. Pero esta no es mala suerte para la boda de Laura.
¡Es mala suerte para mí!

—Pensaba que no creías en esas cosas —dijo Sally.

—Tienes razón, no creo —le dije. Pero **secretamente**
estaba un poco preocupada.

—¡Ahora el vestido! —dijo Sally.

Deslizó el vestido desde mi cabeza. Tuvo mucho cuidado de no despeinarme. Ajustó el gran moño de la espalda.

Me miré en el espejo de pared. Lo único que podía ver era la flor gigante y horrible.

—¡ODIO esta flor! —dije.

—¡Yo también! —admitió Sally, haciendo un gesto de desagrado.

Las otras damas de honor también odiaban la flor.

—¡Quitémonosla! —grité.

—¡Sí! —dijo Sally.

Con cuidado, quitó los hilos que sujetaban las flores. Escondimos las flores detrás de una silla. Mi vestido rosa seguía teniendo demasiados volados, pero se veía mejor.

En eso, Joey entró a nuestro vestuario.

—Te ves **encantador** con ese esmoquin —le dijo Sally.

—¡Me pica! —se quejó Joey, estirándose el cuello de la camisa.

Sally le metió la etiqueta de la camisa y le palpó un bolsillo abultado para acomodárselo. El bulto no desapareció.

Ella metió la mano y sacó el brazalete desaparecido.

Largué un suspiro. ¡Al final el brazalete no se había perdido! **Lo había agarrado Joey.**

—Joey, ¿por qué tomaste el brazalete de Laura? —le preguntó Sally.

—Porque Claudia se había llevado los anillos y yo tenía que practicar —respondió.

—Creíamos que el brazalete se había **perdido** —le dije.

—No se había perdido —contestó Joey—. Estaba en mi bolsillo.

—¿Y dónde está el cojín para anillos? —le pregunté.

—Se lo di al papá de Laura porque Pablo aún no llegó —dijo.

Miré la hora. Era la 1:37. Se suponía que Pablo debía llegar a la iglesia a la 1.

El novio estaba retrasado.

Mejor o peor

Laura se puso **como loca** cuando Sally le dijo que Pablo aún no había llegado.

—¿Pablo no llegó? ¿Dónde está? —preguntó.

—No sabemos —contestó Sally—. No sabemos nada de él.

—¿Y si cambió de idea? —preguntó otra vez Sally—. ¿Y si tuvo un **accidente**?

—Nos hubieran avisado —dijo Sally—. Seguro que está bien.

—¿Y por qué no llama? —lloriqueó Laura—. **¡Esto es una pesadilla!**

—No llores, Laura —le dijo tía Inez—. Se te va a correr el maquillaje.

En eso sonó el celular de mamá.

—Es Jimmy —dijo.

"¡Oh, no!", pensé.

Jimmy tenía que encontrarse con el D.J. Eso significaba que **algo había salido mal**. De lo contrario, Jimmy no habría llamado.

Seguí a mamá hasta el pasillo. Estuvo hablando con Jimmy por un rato.

Cuando colgó le pregunté:

—¿Qué ocurre?

—El D.J. está 𝔈𝔑𝔉𝔈ℜ𝔐𝔒. Y envió a un sustituto —dijo mamá entre suspiros.

—¿Está tan mal? —pregunté. Mamá movió la cabeza con desencanto.

—Es muy *rudo* —dijo—. No está bien vestido y dice que no va a pasar las canciones que quiere Laura.

Yo sabía que eso no era lo peor que podía pasar. Después de todo, no íbamos a necesitar al D.J. si Pablo no aparecía.

No hay novio, no hay boda, no hay recepción.

El bebé de la abuela

Mamá y Sally fueron a buscar a los padres de Pablo para ver si sabían algo de él.

Sally volvió con la abuela de Laura.

—¡No lo van a creer! —dijo Sally.

—¿Llamó Pablo? —preguntó Laura.

—No, pero tu abuela tiene noticias importantes —le contestó Sally. Abuela Vargas se veía feliz.

—El mito de la despedida de soltera que dice que el que dé el tercer regalo va a tener un bebé se hizo realidad. **¡Tengo un bebé!** —dijo la abuela.

Todos quedaron SORPRENDIDOS.

—¿Qué quieres decir, abuela? —preguntó Laura.

—Me lo dieron mis amigos ayer —dijo la abuela. Abrió la bolsa y salió la cabeza de un pequeño chihuahua. En ese momento, entró mamá.

—**¡Llegó Pablo!** —anunció riendo a carcajadas.

—¡Gracias a Dios! ¿Por qué llegó tan tarde? —preguntó Laura. Mamá dejó de reírse.

—¡El esmoquin le llegaba a las rodillas! —dijo—. Antes lo habían acortado para que lo usara un **hombre más bajo**. El sastre se olvidó de arreglarlo. El vecino de Pablo vino a casa y lo alargó.

—¡Menos mal! —dijo Laura. Primero rio, pero luego susurró—. ¿Qué hora es?

Sally miró el reloj.

—Son las 2:23 —dijo.

—Todos están esperando. ¿Qué les vamos a decir? —dijo Laura, enloquecida—. **¡Nada sale bien!** —dijo con tristeza.

—Todo sale bien —le dije—. ¡Hasta este retraso trae **buena suerte!**

—¿En serio? —preguntó Laura, confundida.

—Cuando la boda comience, serán las 2:30 —señalé el reloj—. ¡El minutero se moverá hacia arriba durante la ceremonia! **¡Todo lo que ocurra después será para bien!**

Nota nupcial

No siempre las novias han usado vestido blanco. En 1840, la reina Victoria de Inglaterra quiso encaje blanco cosido en su vestido de novia. Allí comenzó la costumbre de usar el blanco. Como en esa época era difícil limpiar los vestidos blancos, la mayoría de los vestidos de novia se usaban solo una vez. Casarse con un vestido especial para la boda se convirtió en una tradición.

CAPÍTULO 6

LO QUE DEBO Y NO DEBO HACER

Cuando todas terminaron de vestirse, tía Inez le dio a cada una un buqué.

El buqué era un ramillete de flores blancas y rosas con helechos verde. El de la novia era más grande y tenía cintas blancas. Los de las damas de honor tenían cintas rosas.

Yo no estaba **NERVIOSA**, hasta que nos formamos en fila antes de entrar a la iglesia. ¡Yo iba a ser la primera en entrar!

La procesión nupcial

Damas de honor

Madrina

Portador de los anillos

Novia

Ser la primera no estaba tan mal. Tenía la mejor vista de la iglesia mientras esperábamos entrar.

Los invitados de la **novia** se sentaban a un lado del pasillo y los del novio al otro.

Un acomodador acompañó a tía Inez por el pasillo. Ella se sentó en la primera fila, a la izquierda. Los otros parientes y amigos de Laura también estaban a la izquierda.

Otro acomodador acompañó a los Sres. García. Se sentaron en la primera fila, a la derecha.

Se abrió una puerta lateral y apareció el sacerdote. Los testigos del novio estaban alineados a la derecha. **Pablo** esperaba en el centro, al frente de la iglesia.

—Joey, no inclines el cojín —susurró Sally.

—No —aseguró Joey.

El organista empezó a tocar.

Todos se dieron vuelta hacia el centro.

—Vamos, Claudia —dijo Sally.

¡Sentía mis pies como anclas! No me podía mover.

—¡Claudia! —dijo Sally en voz baja— ¡Camina!

Y salí.

Caminé lentamente, con una sonrisa falsa y estática. Miraba los pies del sacerdote.

No quería reírme si Pablo me guiñaba el ojo. No sé cómo pero llegué al frente sin tropezar y sin reírme.

Joey se detuvo tres veces. Se rascaba las piernas, se rascaba la cabeza y se frotaba la nariz con la manga de la camisa. Pero no inclinó el cojín.

—¡Pablo! —exclamó Joey—. **No dejé caer los anillos** —todos rieron.

—¡Bien hecho! —le dijo Pablo, sonriendo.

Luego, el organista empezó a tocar la Marcha Nupcial. Todos los invitados se pusieron de pie y miraron hacia la entrada de la iglesia.

Laura y tío Jorge caminaron lentamente por el pasillo. Laura se veía hermosa con su largo vestido blanco. **Se me llenaron los ojos de lágrimas.**

No tenía pañuelo.

Parpadeé y respiré mis lágrimas.

Laura y tío Jorge se detuvieron al llegar al frente de la iglesia. Tío Jorge se puso al lado de tía Inez.

Me empezó a **picar** la nariz, pero todos me estaban mirando y no podía rascarme.
Movía la nariz de un lado a otro, pero aún me picaba.

El sacerdote hablaba de amor, respeto y paciencia. Hablaba de las cosas que iban a hacer felices a Laura y a Pablo. Yo no estaba feliz. **¡La picazón me iba a volver loca!**

—Pablo García, ¿aceptas como esposa a Laura Vargas? —preguntó el sacerdote.

—Sí, acepto —respondió Pablo.

Hice como que olía mi buqué. Me froté la nariz con el tallo de una flor. La picazón paró, ¡pero me dieron ganas de **ESTORNUDAR!** v
Volví a retorcer la nariz para aguantar.

Joey se frotó la nariz. Esta vez, el cojín se inclinó. La cinta no estaba bien ajustada y los anillos empezaron a resbalar.

Por suerte, el padrino de bodas agarró los anillos y evitó que cayeran.

El sacerdote dijo unos votos que Laura y Pablo repitieron.

Ella le prometió amor a Pablo:

1. en la prosperidad y en la adversidad

2. en la riqueza y en la pobreza

3. en la salud y en la enfermedad

Pablo le puso el anillo.

—Este anillo es un símbolo de mi amor — le dijo.

Retorcí la nariz para no estornudar. Y moví los dedos de los pies para no **desmayarme.**

Laura le dio el anillo a Pablo.

—Este anillo es un símbolo de mi amor —le dijo.

—Y ahora los declaro marido y mujer —dijo el sacerdote—. Puede besar a la novia.

Pablo besó a Laura.

Yo estornudé.

Los novios salieron por el pasillo mientras **todos aplaudían.**

Las damas de honor y los testigos del novio siguieron a los novios.

—¿Cuándo me puedo quitar el traje? —preguntó Joey apenas salió—. **Tengo calor.**

—Después de que nos tomemos las fotos —le dijo Sally.

—Yo no quiero que me tomen fotos — se quejó Joey.

—No va a tardar mucho —le explicó Sally—. Laura y Pablo quieren algunas fotos del cortejo.

—**No me parece divertido** —dijo Joey, frunciendo el ceño y cruzándose de brazos.

Yo entendía cómo se sentía. Igual que él, no veía l a hora de que sacaran las fotos y fuéramos a la recepción.

Poco después, los invitados salieron para la recepción. El cortejo fue al jardín trasero de la iglesia. Allí, el fotógrafo tomó fotos de diferentes grupos.

1. todos juntos

2. el novio y sus testigos

3. la novia y las damas de honor

Cuando el fotógrafo terminó, todos celebramos.
Teníamos hambre. Joey lideró la ESTAMPIDA de gente
en vestidos con volados y esmoquin hacia
el estacionamiento.

En eso, oímos un grito.

—**¡Ayuda!** —era el sacerdote—. Dejé las llaves
del auto dentro.

—Si tuviera algunas herramientas, podría
ayudarlo —dijo Pablo.

—Yo tengo herramientas en mi auto —dijo Laura—.
Me las dieron Claudia y tía Perla en la despedida de soltera.

—La superstición del primer regalo dice
que las necesitarías —dije—, ¡y así es!

—¿No es **increíble**? —exclamó tía Inez—.
Claudia, tenías razón.

Pablo usó la hoja de la sierra de Laura para destrabar la puerta del auto del sacerdote.

Luego, los novios se subieron a una limusina y se fueron a la recepción.

Mamá y yo fuimos en el auto de Laura.

Sus amigos habían decorado el auto. En las ventanillas habían escrito "**Recién casados**". Del paragolpes trasero colgaban latas y zapatos. Las latas sonaban sin parar. Y otros autos nos tocaban la bocina para saludar. Mamá y yo llorábamos de la risa. Fue un viaje extraño y ruidoso.

✿ Nota nupcial ✿

En la Edad Media, los parientes de cada novio se sentaban en lados opuestos de la iglesia para no pelear. Eso ocurría porque generalmente las familias no se aceptaban. El novio se paraba a la derecha para poder tomar su espada en caso de tener que proteger a la novia. Es por eso que en algunas bodas modernas, los invitados de la novia se sientan de un lado y los del novio del otro.

CAPÍTULO 7

FELICES PARA SIEMPRE

Recuerdos

Cuando llegamos a la recepción, nos dimos cuenta de que Laura había **despedido** al D.J. porque no quería pasar sus canciones. Por suerte, pudo alquilar equipos de sonido en otra compañía.

—Tengo todo bajo control —dijo Jimmy—. Yo voy a ser el D.J. —Sabía usar el equipo y tenía los CD con las canciones que quería Laura—. De todas maneras, las bodas no me gustan —me susurró al oído.

Para el resto, ¡**comenzaba la fiesta!**

Fui a sentarme a la mesa nupcial. Estaba muy lejos de Laura para hablar con ella, pero me senté frente a Martín, el primo de Pablo, de catorce años, que era el padrino de bodas.

—Esta es la primera boda en la que participo —me dijo—. Hacía tanto calor en la iglesia que pensé que iba a desmayarme.

—A mí me picaba la nariz —le dije.

—¿Eso fue cuando ponías **cara de ardilla?**
—me preguntó.

Me ruboricé.

—Las ardillas son **SIMPÁTICAS** —agregó.

Me ruboricé aún más, pero por dentro me sentía
emocionada.

Por suerte, antes que siguiera ruborizándome, tío Jorge
empezó a decir unas palabras sobre Laura y Pablo.

Después, cien personas decidieron brindar
individualmente por los novios. **En verdad no**.
Pero parecían cien, porque cuando terminaron
mi estómago rugía.

Fui al bufé y me llené el plato. Mientras comía,
observaba a los demás.

Mi hermano la estaba pasando muy bien. Pasaba
la música que le pedían y la gente le dejaba
propina. Fue una idea genial que sustituyera al D.J.

Muchas cosas habían empezado mal pero
finalmente se solucionaron.

La ceremonia fue hermosa. La comida estuvo fabulosa. **Todos se divirtieron.**

Y los recién casados lucían felices cuando bailaron por primera vez como **marido y mujer.**

Yo me alegraba por ellos, pero al mismo tiempo estaba algo triste. Mi relación con Laura ya no iba a ser la misma. Iba a echar de menos las salidas con ella, las charlas hasta largas horas de la noche, los partidos de cartas y llorar con películas románticas. **Sentía que estaba perdiendo a una amiga.**

A cortar el pastel

Laura bailó con su padre. Luego volvió a bailar con Pablo, y tío Jorge bailó con tía Inez.

Cuando terminó la canción, tía Inez preguntó:

—**¿Quién quiere pastel?**

—¡Yo! —gritó Joey.

Los invitados celebraron y aplaudieron. **Yo di un chiflido.**

El pastel de bodas blanco tenía tres pisos, con unos pequeños novios arriba. Laura y Pablo se colocaron detrás del pastel sosteniendo un cuchillo plateado.

De repente, recordé otra costumbre para la buena suerte. ¿Y si Laura y Pablo no la conocían? No podía arriesgarme.

—**¡Esperen!** —grité, corriendo hacia ellos.

—¿Qué pasa, Claudia? —preguntó Laura.

—Se supone que deben congelar el piso superior —le dije—, para que se lo coman en su primer aniversario.

—¿Para la **buena suerte**? —me preguntó sonriendo. Afirmé con la cabeza.

—Y hay algo más —dije rápidamente—. Asegúrate de que Pablo te lleve en andas al entrar a tu nuevo hogar. Si tú te tropiezas, trae **mala suerte**.

—Así lo haré —dijo Pablo—. ¿Hay algo más que tenga que saber?

Me quedé pensando por un segundo. Luego negué con la cabeza.

—No, eso es todo —les dije—. Congelen el pastel y tengan cuidado de no tropezarse en el umbral. Así no tendrán que preocuparse y su matrimonio jamás tendrá mala suerte.

Una tradición familiar

Después de que los novios se aplastaron unos trozos de pastel en la cara, Laura vino a la mesa. Me dio el brazalete de oro.

—Quiero que te lo quedes —me dijo.

—¿Por qué me das a mí uno de los **tesoros de tu familia**? —le pregunté.

—Es un **tesoro de nuestra familia.** Mi bisabuela también era tu bisabuela —me explicó.

—Es verdad —dijo mamá—. Tía Inez usó el brazalete cuando se casó con tío Jorge. Luego me lo dio a mí para mi boda.

—Y tu mamá me lo dio a mí —me dijo Laura—. Y ahora yo te lo doy a ti para cuando te cases.

—No voy a casarme —dije.

—Eso dije yo cuando tu mamá me dio el brazalete. Quédatelo **por las dudas** —dijo sonriendo—. Algún día puedes cambiar de idea.

—Gracias —le dije, y observé el hermoso brazalete.

—Gracias a ti por contarme sobre esas supersticiones —me dijo.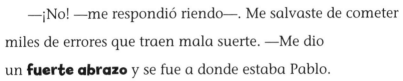

—¿No estás enojada? —pregunté con sorpresa.

—¡No! —me respondió riendo—. Me salvaste de cometer miles de errores que traen mala suerte. —Me dio un **fuerte abrazo** y se fue a donde estaba Pablo.

Minutos después, Sally me dijo que era hora de arrojar el buqué. La mujer que atrape el buqué de la novia será la próxima en casarse.

Me puse en el grupo de mujeres que esperaban atrapar el buqué, pero me puse las manos detrás de la espalda. No quería correr el riesgo de que esa superstición se hiciera realidad.

Sally atrapó el buqué. **Estaba emocionadísima.**

Después de arrojar el buqué, noté que la mamá de Joey estaba exhausta. Decidí darle un descanso e invité a Joey a bailar.

—No —dijo Joey haciendo gestos—. No sé bailar.

—Es fácil —le dije—. **Y es más divertido que quedarse sentado.**

Jimmy pasó una canción lenta. Le enseñé a Joey algunos pasos básicos.

Joey se miraba los pies y murmuraba "Adelante, levanto, deslizo, atrás, levanto, deslizo".

Yo oía la música y soñaba despierta.

Menos mal que no había atrapado el buqué. **Una novia de trece años sería demasiado joven.**

Pero también estaba feliz de no haberme tropezado en la iglesia. Y a lo mejor Laura tenía razón. Quizás algún día quisiera casarme.

Aunque probablemente tenga que esperar a que pasen mis **siete años de mala suerte.**

Hasta ahora no he tenido mala suerte desde que se me rompió el espejo.

Laura me llamó cuando regresó de su luna de miel. Me agradeció por haber sido su dama de honor. También se disculpó por no haber pasado más tiempo conmigo durante la boda. Y me invitó a que pase un **fin de semana** con ellos en su nuevo hogar.

Es posible que algún día agregue "casarme" en mi lista de **Cosas apasionantes para hacer de adulta.** Pero estará al final de todo.

Sobre la autora

Diana G. Gallagher vive en Florida con su esposo, cinco perros, cuatro gatos y un loro malgenioso. Sus pasatiempos son la jardinería, las ventas de garaje y sus nietos. Fue instructora de equitación inglesa, música folk profesional y pintora. Sin embargo, desde los seis años aspiraba a ser escritora profesional. Ha escrito numerosos libros para niños y jóvenes.

Sobre el ilustrador

Brann Garvey vive en Minneapolis, Minnesota, con su esposa Keegan, su perra Lola, y su gato Iggy, que es bien gordo. Brann se graduó en Iowa State University con una licenciatura en bellas artes. Luego estudió ilustración en Minneapolis College of Art & Design. Le gusta pasar su tiempo libre con amigos y parientes. Adondequiera que vaya, siempre lleva consigo su cuaderno de bocetos.

Glosario

ceremonia acciones, palabras y música formales que ocurren para destacar una ocasión importante

cortejo grupo de personas que están junto a los novios durante una boda

declarar dar un anuncio formal

ensayo práctica

luna de miel viaje que hacen los novios después de la boda

procesión personas que caminan ordenadamente por el pasillo de la iglesia

recepción fiesta formal

símbolo objeto que representa algo más

supersticiones creencias de que algo puede causar otra cosa

tono forma en que algo suena

tradición costumbre que se pasa entre generaciones

tropezar dar un mal paso con posibilidad de caerse

Preguntas para el debate

1. En este libro, Claudia sabe sobre muchas supersticiones relacionadas con las bodas. ¿Conoces algunas supersticiones? Habla sobre ellas.

2. ¿Por qué el libro se llama *Dama de la mala suerte*? ¿Qué otros títulos podría tener?

3. Claudia siente que Laura no se ocupa de ella. ¿Por qué? ¿Crees que Claudia tenía razón en sentirse así? Habla sobre ello.

Instrucciones para escribir

1. A algunas chicas les gusta imaginar el día de su boda (¡pero no a Claudia!). Escribe sobre cómo te gustaría que fuera tu boda si decidieras casarte.

2. Claudia siempre ha admirado a su prima Laura. Escribe sobre un pariente que admires. ¿Qué te gusta de esa persona?

3. Claudia tiene una familia grande. Dibuja tu árbol genealógico, incluyéndote a ti, a tus hermanos, padres, abuelos y bisabuelos. Si quieres hacerlo mejor, ¡incluye a primos y tíos!

MÁS DIVERSIÓN
¡con Claudia!

¿Amigas para siempre?

LA COMPLICADA VIDA
Claudi
Cristina
Corte
POR DIANA G. GALLA

Claudia Cristina Cortez

Como cualquier chica de trece años, Claudia Cristina Cortez tiene una vida complicada. Ya sea que esté estudiando para un concurso de preguntas, cuidando a su vecinito Nick, evitando encontrarse con la matona Jenny Pinski, planeando el baile de séptimo grado o intentando desesperadamente pasar un examen de natación en el campamento de verano, Claudia enfrenta su complicada vida con seguridad, astucia y un toque de genialidad.

31192021861099